붉은 도마

실천시선 205

붉은 도마

2012년 12월 14일 1판 1쇄 찍음
2012년 12월 21일 1판 1쇄 펴냄

지은이   김광선
펴낸이   손택수
편집   이상현, 이호석, 임아진
디자인   풍영옥
관리 · 영업 김태일, 이용희, 김가영

펴낸곳   (주)실천문학
등록   10-1221호(1995.10.26.)
주소   우121-839, 서울시 마포구 서교동 478-3 동궁빌딩 501호
전화   322-2161~5
팩스   322-2166
홈페이지   www.silcheon.com

ⓒ 김광선, 2012

ISBN 978-89-392-2205-2 03810

이 도서의 국립중앙도서관 출판시도서목록(CIP)은
e-CIP홈페이지(http://www.nl.go.kr/ecip)와
국가자료공동목록시스템(http://www.nl.go.kr/
kolisnet)에서 이용하실 수 있습니다.
(CIP제어번호:CIP2012005861)

실천시선
205

붉은 도마

김광선

실천문학사

차례

제1부

제2부

제3부

제4부

제
1
부

5월 18일 아침 열 시경, 조리사

어느덧 삼십일 년 전 일이 되었다고, 아직도 뜨겁고
가장 차가운 기억들이 되살아나는
라디오 기념식은 부끄러운 역사와
부끄러운 선택이
난무하는 이 강토 정서를 나무라듯
민주 투사들의 일기는 혼백처럼 되살아나는데

늘그막에 시인이 된 조리사
같은 땅에서 태어났으면서도 마음 저 아래 그 밑에
어쩌면 그때 서울에 있었던 것이
다행이었는지 모른다고 죄스러워서 차마 말 못 하는,
모진 세월 앞에서 살아남아 미안하다고
가슴 치는 그 주먹 한 자락도 못한
조리사

어제 닦지 못한, 밤늦게까지 고기를 썰어
핏물과 여기저기 얼룩진 육즙을 닦으며

중계방송을 듣는다
똑같이 가장 젊었던 시절 그 시절
주방 한 켠에서 내 삶의 도구
식도처럼 멀고 긴 날만을 푸르게 세웠나 보다
청량리 로터리 갈빗집 열 시 통금을 불평하며
문득 내다본 어두운 창밖
정적을 뚫고 저 수많은 군인들은 다 어디로 가나
저 군용차들은 다 어디로 가나
분노하기엔 너무도 늦어버린, 엉켜버린
삶의 수레바퀴는
오십이 넘어서도 하는 칼질의 채무가 무겁다

가운데가 푹 파인 도마에 다시 핏물이 배어든다
바람 끝에서
홑겹 꽃잎처럼 아직도 유효한
이 땅 또 다른 푸른 구호들은
도마에 새겨진 자리 손톱자국만 같아서

닭아낼수록 더욱 선명해져서 잠시
손길 멈추어지는 아침

나무는 두 번 꽃피운다

숨결과 숨결 사이로 흐르는 게 바람이리라
쿨럭쿨럭 마른 잎을 밭으며
물기가 마르는 가을 나무들이
일상을 꿈처럼 가꾸는
잔기침이 잦아진 숙련 노동자처럼 늑골을 드러내고
있다
오져야 한다는 마음은 욕심이었나
삼겹살집 기름 먼지가 부옇게 번진
안경 렌즈

산다는 건 제 맘을 돌처럼 뭉치는 일
떨어뜨린 자리마다 퍼져나간 파문이
더 큰 동그라미로 여울이 되었다
부푼 자리는 한때 그래도 참 아름다웠다고
헐겁게라도 채워야 할 그 숨결의 자리
메마른 잎맥은 손등의 힘줄처럼
비껴 선 햇살에도 선명하다

형형색색 부끄러울 것 없는 저 손들

봄날, 수줍던 여린 홑겹만 어디 꽃이라던가
너무도 말간 가을볕 아래서
나무는 자글자글 숨을 곳이 없다
구정물에서 쉽게 건져지지 않던 퉁퉁 불은 시간들
지루해서 소주 한잔에 발간 저녁놀
그래도 아직 떨림은 있다
내외할 것 없이 잡아도 부끄러울 것도 없는
가장 편해서 홀대했던 꽃 같은
손

힘줄

힘줄은 하나의 고리였다, 물결과
물결이 모인 곳
급물살을 타고 다시금
부서지며 깨진 곳, 강 하구언처럼 언제고
다시 힘이 치받힐 시간의 골반은
면도날 같은 바람이 훑고 간 성근 자리여도
체관부처럼
단단하게 그리 박혔으리라

부위별로 나누어져버린, 내 몸의
몇 배가 되는 동물의 사체를 분해하면서
아랫배가 다 닳도록 그 자리 거슬러 올라간
연어 떼를, 턱뼈가 빠지도록
몸부림치다가
둥둥 떠가며 불곰의 밥이 되고
새 떼의 밥이 되어
발기발기 찢기는 모습을 떠올린다

16

봄눈의 잔설처럼 여린 지방층
내가 스스로 도려내야 할 지층인가 밥 앞에서
그늘져간 자리 마음 섣불러
빛나는 힘줄 하나 그렇게 지웠으리라
홀로 지키다 힘 쪽으로만 많이 기운 먹이사슬은
투망을 던지듯
破顔의 눈언저리마다 가닥으로 파인
붉게 얼룩진 도마
하, 칼자국마다 까맣게 때가 서린 곳

칼의 미학

스스로를 칼잡이라 말하는 사람이 더러 있다
칼날을 쥐거나 손잡이를 쥐거나
두렵고 불편한 관계와 관계의 난간에서
날이란 베기 위함이요 칼끝은
찌르기 위함일 터

그믐달처럼 새벽 미명에도 씻기어
푸른 억새풀
얼비치는 달빛에 더욱 예리하고
가슴 서늘케 했던 날
가지런히 정돈되면 아무것도 아닌
유연하지 못했던
칼자루 가지런한 내 칼집의 숙연한 깊이

베고 베이고 찌르고 박히는
힘의 논리보다 다독이듯 여미고 꾸미고
찌르기보다 째진 자리 해부하여 여미고픈

푸른 도구 삶의 미학들은
저 달빛처럼

뿌옇게 빛나는 그늘 그 어디에도
내가 숨을 곳은 없었다
내가 쥔 칼자루가
내 뒤 그림자가 될 수도 있다는 것을
햇살 환한 곳
서툰 곳마다 발라내고 보니 겨울나무다.

초승달

집세 줄 날은 다가오고 통장은 비어가고 그해
손님이 없는 날은
달빛 먹은 메밀밭같이 겨울 창가 성에 너머
일찍 서두른 초승달이 얼었겠다

연료비 아끼느라 환풍기도 끄고
보일러도 끈 겨울의 통로 텅 빈 가게
건물과 건물 사이
반듯하게 제단된 하늘처럼
편지 봉투가 쌓인다

여백도 없이, 반듯한 것만이
세상을 사는 이치라고
지로 용지가 쌓인다 낙엽보다도 더 정돈되지 않은
차곡차곡 노을이 붉다

주방의 열기로 잠시 버티는 초승달

그랬다,
안의 열기로 내 안에 습기가 차고
밖을 내다볼 수 없었던
창문 밖 그 어둡고 차가운 길들

하여, 다시 뭐라도 해야겠지
지금 무섭게 달리는 막차의 끝도 내일이리라
새 직장 매장을 접는다는 짤막한 통보
어디에 달이 있었더라?
투박한 손바닥으로 헤집은 차창

맑게 닦인, 양옆으로 주르르
결코 눈물이 아니리라 이처럼 닦아내며
잠시 집으로 돌아가는 길

비뇨기과에서

내 그댈 사랑한다고 순수로 애달파
매달린 적이 있었다
정작 그 사랑 생물학적, 젖은 몸으로 확인하던
서로의 생식기 환한 벚꽃
그 홑겹들은 비처럼 흩날리며
가슴에서 등뼈 쪽으로 싸하니 번지면서
뻐근하게 짝짓기를 했다

시간의 꽃잎도 속살처럼 지고
파란 이파리만 매끄러운 우듬지는 그것 하나
덜렁거리며 살아온
거기에 당기는 듯한 통증이 있어
낯선 젊은 사내가 만져보도록 속수무책 하,
누구도 만져서는 안 되는
마음이 먼저 다친다

신은 짓궂어 인간의 가장 은밀한 곳에 그것을 두었을까

인간이 가장 은밀하게 그것을 감추었을까
어릴 적 돋보기로 햇빛을 모으던 조리개
내가 창조될 때도 서로의
부끄러운 곳을 보게 했으리라 부디 조신하고
둘만의 비밀을 간직하라고

검사실에서 일회용 컵을 받아 소변을 받아놓고
걸음걸이 일부러 누구보다 건강하게 나서는
병원 밖
당연한 듯 멀쩡한 세상
신록이 링거병처럼 매달려 있는 칠월의 염천은
햇살 더욱 몽환처럼
여백으로, 알약처럼 녹아 번지고 있다.

펄

숫돌에 칼을 밀면 펄이 생긴다
썰물처럼 밀려갈 때 남기었다가 그 푸른빛으로
다시 거두어지는
진창 같다면 누가 믿을까, 펄
내 어미는 그 밭에서 꼬막을 줍고 낙지를 캐고
죽은 지 오래된
붉은 살덩이를 저미려 칼을 가는
오른쪽 날개에 눅눅하게 펄이 감긴다
욕심처럼 무뎌
힘준 자리마다 골 지는 펄
미처 빠져나가지 못한 정제된 갯물만이 불콰한
놀을 담고 있는 저녁
파랗게 일어선 날은 한껏 당겨
사리 만조로 상현달이 물결의 정수리에 일렁였다
너도 닳고 나도 닳고
최소한의 나를 베이지 않기 위함으로
문지르는 결대로가 아닌 사선으로 엇나가는 골은

결코 진창이 아니었을
펄은 생긴 대로 부드러운 길 열어주었다
지나간
잠시 미끄러진 자리의 그림자였지.

날개

새라면 아마도 날개였을 것이다
푸른 죽지로 힘껏 창공을 날아오르거나
펄럭이며 어디고 사뿐히 내려앉을
어깻죽지 들여다본 까만 필름은
형광 불빛에 비춰지자
말간 뼈 많이 뒤틀려 있다

들어야 할 짐은 늘 무거웠다
창공을 비상하는 것만이 꿈이 아니라
모이처럼 꿈을 줍는 생물도 있다는 것을
들어 옮기고 힘을 써야
모이를 줍는 그 무게가 어찌 짐일까만

무조건 이 주간은 어깨를 쓰지 마세요
어쩌하나, 지금 당장 나가
칼질을 해야 하고 무거운 것 들어야 하는데
깃털이 젖으면 안 되는데

저울추처럼 무게를 지탱하여야 할
저 말간 뼈

병원을 나서는데 막 새라도 날아오른 듯
온 세상에 깃털처럼 함박눈이 날린다
춘설이다
살아 있는 모든 것들은 쉽게 젖지 않으리라
꽃가지마다 깃털처럼 뽀얗게 쌓인다.

청동거울처럼

까맣게 두드리고 또 두드리고
빛을 담아낼 수 있을 때까지 쓸어내고 문지르고
장인의 손은
가없는 소리의 지문으로 여울을 이루었으리라
희망과 절망, 물 한 방울 없이
젖어든 쇳물은 그대를 도드라지게 보이려는
문양으로 내 가슴
깊게 파내어 그대를 뜨겁게 안아야 했으리라
마음의 우물마다 한낱 모래로 부서지는
그대의 옷자락은 선명하게 드러나고
빛을 담아낼 수 있을 때까지 빛으로 퍼지기까지
마모되는 가슴으로도
그대의 숨소리 곁에서 오래 머물고 싶었다
석실에 갇혀 오래오래 푸른 녹이 슬어버린
사랑한다는 일은
천 번 만 번 나를 지우는 일일 게다
행여 그대 모습 어두워질까 감추어질까

내 각막을 사포로 닦아야 하는
섬김으로 투명해져야 하는 빛의 그늘마저
어느덧 쇠창살이 되어 나를 가두어도
날개 뼈 굳은 살점이 떨어져나가는 것이
그제야 보였다
까맣게 속을 태운 연후에 빛이 보였다.

아, 진보

수없이 길을 잃었다 자본의 늪 속에서
자신이 없을 때마다 부끄럽지만 길을 접었다
골목까지 점령한
대기업들의 무차별한 상술 앞에서
몇 십 원의 이문으로 돈을 벌어보겠다고 시작한
아들 녀석 슈퍼마켓 냉장고에 술을 채우고 있는데
낯선 서울 지역 전화번호가 뜬다
행여 이 낡은 시인에게
원고 청탁이라도 하려나 싶어
받아본 전화가 모 신문사 간부란다
옳거니 했는데
조곤조곤 낮은 목소리는 언론사가 어려워서 그런다고
변하지 않는 세상에서
힘 있는 자 편을 들지 않은 오랜 전통의
언론사
그렇게 어려웠구나, 그 자리 가기까지
가시밭길이었을 그의 자존심을 어떡하나

어려운 형편에 보는 잡지가 있다고
두 가지는 무리라고 했더니
거기도 진보고 우리도 진보인데 구독 기간 끝나면
우리 잡지도 한번 봐주십사
그의 부탁이 간곡하다 아, 진보여
가난하고 외면받고 딱해서
더욱 지켜야 할 자존심이 후두두 아카시아 꽃잎처럼 진다
마음 어딘가 또 가시 하나가 돋는다.

제
2
부

젓갈

살이 물렀구나, 한 번쯤
누군들 풍선처럼 부푼 적 없었으리

사체처럼 떠올라
말갛게 삭혀낸 가을볕
한껏 퍼낸 성근 통 속에 소금꽃이 피었다

서로를 껴안는 일은
스스로 녹아 질컥한 자리
분간할 수 없는 우물 하나를 지었다

세상의 중심
혼재할 수 없는 연못에서 걸러질
우리들의 등뼈여

파스

꽃잎이 지는 봄날
고관절에 붙인 파스가
땀에 젖어
너덜너덜하다

꽃향기보다
파스의 냄새가 더 진한
내 생의 언저리
버둥거리는 마디에서
통증이 붉다

꽃도 마디마디
통증으로 피어나리라
홑겹의
봄꽃이 말갛다

새지 마라 파스를 붙인

통증도
볕을 쐰 듯
가지에서 말갛다

오래 길들여 벗 아닌 것 어딨으리

가려움이란 아픔의 시초였다 그리하여 간유리에 번지
는 불빛 같은 통증으로 부어오를 때 그 환부에서 멀어진
멀쩡한 살들이 절벽이었다. 지켜내야 할 것들이 언 배추
속처럼 허물어질 때 바람에, 밤송이처럼 견디는 시간들은
밤 전깃줄이 아니라도 세상 모든 현은 잠들지 않았다

너울거리는 물 자락에 찌처럼 흔들리면서 시간의 마디
마다 일몰과 일출, 얼룩져야만 기어코 맑아지는 사랑처럼
묻어둔 아픔은 상처의 일부분으로 드러난다. 나 아닌 나
를 그저 바라볼 수밖에 없는 더운 숨결은 창마다 안으로
고드름을 달았다.

흉터는 아물어도 아문 자리마다 상처의 길은 더욱 넓어
지고 불에 덴 듯 경계를 그었다. 옷 솔기처럼 힘껏 껴안은
자리는 가늘고 긴 천공의 단소 소리, 그것을 감추고 살아
야 한다는 건 뒤집어 보여줄 수밖에 없었다 그럴 수는 없
었다 불빛이란 오는 순간 굴절되어 멀어져간다.

새순 돋는 가지에 도둑비와 다녀간 바람은 가지가 있어 그 존재를 알리는가. 바람이 있어 꽃은 피는가 흠씬 젖어 일어난 몸이 현기증으로 싱그러운 아침, 누군가 일찍 빗자루 자국 선연하게 쓸어놓은 뜰이 동그마니 앉아 있다. 나 다시 살아야겠다.

그믐달

그것은, 납처럼 굳은 새벽길 미명의 하늘에 걸려 있었다

그렇게 닳기 전까지는 무던히도 가슴 저민 이의 꿈이었
을 것이다

휘휘, 유빙처럼 떠도는 구름 때때로 가려도

포기마다 끌어당겨 베는 유연한 몸매의 안쪽으로 길들
여진 날

어디선가 우연히 보았던 잊히지 않는 그림 한 장,

꽃그늘 환한 대낮, 어느 앙가슴에 박혀 있다가

절대로 서툴게 뽑아들 수 없는

그 시퍼런 날이 세로로 설 때마다 오욕으로 물들어 굽

이치던 역사여

　때로는 처절한 희망도 되었을까

　너만이 아니라 나마저 가르겠다는, 내게로 먼저 향한
날은

　파인 볼 위로 툭 불거진 광대뼈 그리고

　눈꼬리 날카롭게 치뜬 인광은

　하나씩 잃어갈 때마다

　벼리고 벼린 그믐달.

증빙서류

학교 운동장 저편 아름드리나무 파랗던 기억들
숨결 같은 바람에도 우수수 진다
편편이 굴러가던 시간들 어떤 바람에 휩쓸리고
또 명치끝에 이름 묻고 살다가 부서져
켜켜이 쓴물처럼
질척거리고 싶지 않은 땅 어느 뿌리로 스며들었나

동네 초등학교 행정실 팩스 민원을 신청해놓고 덜 닦인
유리창 너머 막막한 햇살
새내기로 다시 세상에 편입하려는 하얀 가슴은
쭈뼛쭈뼛 제 용무로 드나드는 아이들을 보며, 하
나도 저런 시절이 있었지
설핏 넘어가는 초겨울 햇살의 눈동자가 붉다

타이어 공장 협력 업체 상하차 단순 노무직
초등학교 생활기록부를 요구하는데, 바로 옆 교실인가
잔디에 물을 뿌리듯

아이들 합창 소리는 물방울로 튕겨 오른다
정오를 이미 넘어선 행정실 벽시계 바늘
졸음처럼 목이 꺾이는데 얼른 일 끝내고
어디 중국집 얼큰한 짬뽕 한 그릇 먹었으면 싶다
욕스럽다

어찌 이리도 사방이 적막한가, 흐린 창 너머
나무들은 계속 기침을 해대고
텅 빈 운동장
그들은 더 무엇을 엿보려
한때 나풀거리던
삶의 기록을 훔쳐보려는 걸까
아이들 웃음소리에 잎들이 무리 지어 빙빙 돌다가
뒤엉킨 물소리로 수런거린다.

무강

썩는다고 찬 데 두지 말라고 해서
작은방 아랫목 마대째 그대로 둔 고구마가
자꾸만 싹이 돋는다
고향에서 어머니가 보내온 고구마 한 자루
곡기가 급한 아내가 틈나는 대로
그 싹을 부러뜨린다

새순이 돋는다는 것은
누군가의 가슴으로 뿌리를 내리는 일
한 올 한 올 스며들며 진액을 빨 때마다
젖통처럼 쭈그렁바가지가 되어도
천 갈래 만 갈래
찢기며 그 뿌리에 힘줄을 대는 것

어렸을 적 어머니는 보드라운 새순
부러질까 애지중지 텃밭에다 심었다
이른 봄 모종을 내야 할 넌출이

두렁마다 파랗게 물들어갔다 어느덧
고구마 뒤주도 다 비우면
어머니는 모종을 낸 씨고구마를 캐 왔다

무강이라 했다 힘줄만 촘촘히 박혀
단맛도 다 바랜
물만 픽픽 샛노랗던 속
앙칼진 여인은 볼도 발그레 한 솥 삶아 내놨다
자줏빛 고구마 순이 자꾸자꾸 돋아난다
도둑눈이 다녀간 듯
문밖이 고구마 속처럼 새하얗다.

참숯

스스로를
태운다는 것은 누군가를 지킨다는 것이었다
잉걸을 꼭 품어야만 했던가
소리 없이 젖어드는 죄책감에 서성거릴 때
말초신경부터 감전되듯
타들어가던
끝 모를 외로움의 화기여

누가 세상 땔감이 되라던가 기어코
흰 재가 될 때까지
곁에서 묵묵히 선 채로 타들어가는 참숯
그 또한 누군가의 불씨로 소소리바람 소리
하얗게 바랠 테지만
그 불씨로 인해 따뜻한 저녁이리라
거룩하고 불편한 한 끼니처럼

혼절하듯 마지막까지 다 태워버리고 싶었던

처음 불씨의 기억은
튼튼했던 줄기
나이테는 결대로, 엇갈린 채로 살이 터져서
균열의 품마다 바람을 들인다
언제고 잉걸의 불씨는
만들어놓았다, 바람의 길을

낙엽도 바람에 쓸릴 때는 일어선다

낙엽도 바람에 쓸릴 때는 일어서는구나,
억울하게 연행되는 분노처럼 온몸으로 절규하며
사지가 묶인 듯 주변을 두리번거린다
예고 없이 불어오는 바람
치밀하게 불어오는 바람
바람이란 곧은 줄기 앞에서도 멈추지 않았다

바람이 오는 쪽으로 시선을 둔
언제고 일어서길 주저 않는 다 버린 듯한 몸짓도
선율처럼
춤꾼의 뒤꿈치처럼 일어나
자신의 몸을 곧추세우더라, 깃털처럼 가벼워져
언제고 날아오를 준비가 돼 있는 것처럼
그 우듬지를 기억하며 빙빙 돌다가
낙엽들이 연좌를 한다

얼음물 길어 올리며 얼지 않고

시린 봄볕에도 새잎 돋고 꽃피우고
새들의 보금자리로 해거름 한때
땡볕에도 이파리 무거운 줄 몰랐던 세상 그루터기들
누가 노래했던가,
참담한 이 가을의 현실들은 버석거려
조심스럽게 만져야 하고 조심스럽게
다가가야 하는
춤꾼의 몸짓들이 석양에 더욱 붉다.

어둠이 우려낸 새벽

한가한 시간대
누군가 티백의 녹차를 우려낸다, 모두

한때는 풀잎이었지

모깃불처럼 눅눅한 숨결
찌고 말리고 비벼 산산이 부서져도
풀잎은 한때의 비린내가 묻어 있구나

정제될 때마다
한없이 무거워지던 육신

물큰한 시간들은 기숙사 헌 양말짝처럼 뒹굴다
들쩍지근 건더기로 떠올랐다

끝없이 적셔지는 일이다
담즙처럼 푸르스름하니 우려지는

새벽 강

이슬 뿌연 마늘밭에 김 펄펄, 한 요강 퍼붓고
노파처럼 흰 등을 펴며

다듬는다

무언가를 다듬는다는 것은 절단하여 떼어내거나 분리
하여 감추는 일일 테지.

모처럼의 휴일, 구멍 난 들창 선연한 빛 막대기는 방바닥
에 화살처럼 꽂혀 노란 분진으로 여린 호흡을 하고 있다.

구질구질한 것만 살아남기 일쑤다.

넌덜머리나게 구차했던 것들이, 정말이지 이제는 버려
야지 했던 것들이 누군가에게 더 비싼 값의 가치로 매겨
질 때는 지키려 애썼던 부위 슬그머니 등 뒤로 감추어야
하는 순간들에 노여웠다

필요 없는 부분이라 내 스스로 떼어내고 잠시 잊었던가
창문 밖 뿌연 흙바람에 꽃잎들이 날린다, 봄꽃이 무더기
로 진다.

허리와 허벅지에 붙인 파스를 떼어내고 새 파스를 붙인
다, 거실 봄볕을 등지고 앉은 아내의 등이 활처럼 휘었구
나. 멸치의 배가 갈라지고 머리가 떨어진다

떨어지는 꽃잎마다 멸치 비린내가 난다.

갈대꽃

　십이월 갈대꽃도 성글다. 까먹을 게 아직도 남았을까
한 무리의 참새 떼 푸르릉 빈 하늘로 날아올랐다가 다시
그 옆으로 포르릉 내려앉는다.

　병실을 찾아온 며느리가 한바탕 퍼붓는다
　겨울 빙판에 넘어져
　팔꿈치 뼈가 으스러진 팔순 시아비
　그 앞에서 교수 아들은 묵묵히 말이 없다

　가까운 데 사는 자기들을 두고
　수원에 사는 시누이에게 먼저 알렸다며
　두고 보라는 듯 며느리는 몇 번이고 다짐을 둔다
　창밖
　앙상한 가지 노인의 가슴에 나뭇잎이 진다

　먼 곳을 보며 성근 백발을 쓰다듬는다, 아내마저
　삼 년 전에 떠나보내고

혼자 지키는 집 툇마루 한쪽에
너희 몫으로
은행 싸놓은 것이 있으니
가져가라며 미운 아들에게 슬쩍 귀띔을 한다

병실은 다시 무겁도록 고요해지고
부스럭부스럭, 노인은 사탕 봉지를 뒤적거린다
반쯤 열려 있는 출입문 쪽으로
한 장만 남아 덜렁거리는 달력, 그 자그마한
달력의 풍경은 바람결 숨결
성성 갈대꽃

가족

늦은 밤이라 한 마리만 시킨 통닭이 배달되었다

옹기종기 거실에 둘러앉은 아이와 여동생과
할머니 할아버지 아빠

자칭 스페셜, 배불러 새끼를 낳던 어미의 몸통이 간 곳
없는 가족의
날개 다리 치킨
약속이나 한 것처럼 어른들은 다리를 집어 들고
아이들은 보드랍고 연한 날개를 뜯는다

아이들은 날개를 먹으면서도
누가 내 날개를 훔쳐갈까 엿보고 어른들은
다리 하나에 만족하면서도
짓궂은 표정으로 자꾸만 날개를 훔쳐본다

안 돼 내 꺼야, 맥주잔에 섞여 안주 삼아 무심코 집어든

날개
  아빠의 손을 욕심 많은 아이는 탁 친다
  멈칫거리는 손
  아이 아빠는 그 아버지의 기색을 살핀다

  그래 너도 내 날개를 먹고 자랐단다, 네게 날개를 달아
주고 싶었단다, 날개가 되어주길 바랐단다.
  빙긋이
  낡은 탁자에 닭 뼈가 쌓여가는 밤

  어떠냐, 네 죽지로 얻어맞은 느낌이 이놈아

밑간

풋내였던가, 막 버무린
시뻘건 배추 겉절이 토막토막이 금방이라도
흘러내릴 듯 알록달록 양념이 위태롭다
많이 재단되었어도
본연의 모습을 지키지 않고서야
다가갈 수 있는 세상 어느 난간쯤이라도 있으랴
충분한 수분을 머금지 않고서는
스며드는 빛깔을 내뱉을 수 없었다

녹록하게 다가가면
사박사박 썰고 씹히는 맛들의 향연
곰삭지 않은 자리에서
무던히도 거친 말로 응수해야 했다
밑간을 용납할 수 없어 염분이 침투하는 삼투압은
꿈처럼 받아낸 그 물에 둥둥 뜨면서도
제기랄, 살아내고 있었지

절여진다는 것은 처음부터가 아니라 조금씩
조금씩 스며드는 것이지만
밑간보다 중요한 것은 힘들어도 그 본래의 질감으로
살아 있어야 하는 이유를
오랜 시간에도 쉽게 길들여지지 않아야 할 이유였다
내가 쏟은 물 헤엄쳐서라도 건너야 할
너무도 절실한 겉절이였다

제 3 부

만추

이십 년을 넘게 산 아내가
빈 지갑을 펴 보이며
나 만 원만 주면 안 되느냐고 한다

낡은 금고 얼른 열어
파란 지폐 한 장 선뜻 내주고 일일 장부에
'꽃값 만 원'이라고 적었더니

꽃은 무슨 꽃,
아내의 귀밑에 감물이 든다.

링거병의 추억

오랜 시간을 심해 깊은 곳까지 잠수해 들어갔다

자맥질 그 긴 무호흡은 가슴 터질 것만 같은데도

그곳에는 작은 기포 하나 떠올라 기어코 숨비소리로 터
졌다

오래 참아서

조금씩 커지고 주체할 수 없는 무게로 떨어지는 방울

나 이처럼 누군가를 흔들어 깨웠어야 했다

한 시절 고이

아주 천천히 비워내며 연모하듯

적셔야 했다 온전하게 서지 못할지라도

누군가의 뿌리로 숨결처럼 들이대며 진공의 목마른 허파

달팽이 껍질처럼 투명해진다

섣불리 헤픈 갈증으로는 다가갈 일이 아니었다.

비수

거울을 깨트렸다, 오래도록
나만을 우려낸
잘 닦지 않아 희부옇던
거울을 닦다가 고리를 놓쳤다

순간, 벚꽃이 무더기로 지는 소리
그 흐벅진 함성은
섬광처럼 맹수의 눈빛으로 제각각 빛나고
온 바닥 질펀하게 흐르는 아 정적
차마 발을 뗄 수도 없는,
맨살 같은 봄날의 낙화여

그저 모서리이겠거니, 서툰 균열마다
날을 세운 마음의 마디들
겨울 호수처럼 맑던 고요는 살얼음
격한 손가락 마디의 매듭처럼 파문이 거칠다
굴절의 흔적마다

서로를 겨누는 빛의 난반사
햇살 한 줌 훔쳐보다 반짝,
은회색 피를 흘린다.

발톱을 깎으며

설핏 넘어온 고갯길 마루 어느 한적한 아침
고즈넉이 낮달처럼 마음 걸리는,
걷는 방향으로 자란 날카로운 발톱
그 아래 앙금처럼 굳은살이 박여 있다
차마 그 뿌리까지는 비집고 들어오지 못하게 하리
틈새를 허락하지 않는 다짐들은
내 층층의 미로
앙다문 어패류처럼 통증으로 열린다

다가간 물가 급한 여울은
강어귀에 채여 파문처럼 일렁이다가
여물지 못한 믿음으로
파인 만큼 드러난 마음의 생살이었나,
창밖에 낙엽이 진다 분간이 서툰
짜릿한 금속성에 부러지는 마디
벼린 낫처럼 떨어져 나뒹구는 저 조각들

잠시나마 그게 날인 듯 모진 맘 누군가를 향해
은근슬쩍 들이민 적 있었던가, 헐헐한
가을 나무들 해부학은 참으로 가혹하다
세워진 진리보다 엷은 빗줄기에
진 것들로 인하여 철퍼덕 궂은 땅
무엇이 뒤집어지고 어떤 것들이 엉기어 돌아가나
한 잎 지는 것으로도
가지 끝에서 잠깐 겨웠던 선잠이 깬다.

순대

이물질처럼 채워져 있어 싫어도 낯선 어울림들
하루를 살아낸 냄새의 분자들은
어지러운 날갯짓
머릿속 궤도를 돌듯 무한 질주를 한다
적당한 크기로 잘게 토막 쳐진 촌충의 마디처럼
짧은 생각의 편린들은
밤 차창 흑백사진으로 어른거린다

내장 깊숙이 삼킨 핏덩이가 굳어 통통해지고
뒤틀린 자리마다 질끈 동여맨
경화의 순간들은 고단한 변비로 까맣게 타들었나
꿈들이 아프다, 짓이겨져도
차라리 봉합되고 싶지 않은 상처들이
너무도 말끔히 아물어버린
늦은 막차의 원심력은
다시 섞이기를 바라듯 운전이 거칠다

이 순간 팔이 저려도 놓치고 싶지 않다

동그랗게 맴도는 손잡이에

빠르게 스쳐 가는 해묵은 문구들이 너무도 낯익어서

놀랄 겨를도 없는데

벽돌처럼 잘 다져진 무표정 한 덩어리

깊고 어두운 대장을 급히 빠져나가는 중인가

거대한 몸집,

간판만 해파리처럼 떠다니는 도시

백혈구처럼 또 내일

고단한 일상들은 이 길로 잉태할 것이다

빙판

　만두소의 주재료가 되는 칠천 원어치 두부 일곱 모와
간 돼지고기 네 근을 양손에 나누어 들고 상가를 나서는
길, 중심을 잃었다.

　그 짧은 순간에도
　손에 든 것 패대기치지 않으려고
　팔을 높이 들었을 뿐인데
　두부 한 모는 벌써 허옇게 부서지고
　푸르뎅뎅한 길바닥 낭자하게 뒹굴고
　주섬주섬 챙길 수도 없이,
　늘 젖은 채로 살았기에 한번 뒹굴면
　맨땅에서 건져질 수 없는 것들

　순간 부끄러웠다, 한가한 햇살
　모두들 서서 담소를 나누는 자리 그 앞에서
　손에 든 것 놓지 못하여
　얼른 일어나지 못하고 한참을 버르적거린 서툰 몸뚱이

알처럼 뒹굴며 노른자를 쏟았다
넘어지고 보니, 서 있는 모든 이들
까만 절벽으로 보여
팔꿈치 통증도 잊은 채
먹을 수도 없는 흙투성이 챙겨 서둘러 피했으나
잠시 주춤, 거기엔
등줄기 땀인 줄로만 알았던
내가 지고 다닌 장막이 짙게 서리어 있었다.

파꽃

견디기에는 맨살이 너무도 얇은
마음의 천막들은 안으로,
안으로 더 한 겹을
덧대는 것은 낡은 껍질을 버리는 일인데
바람은 면도날처럼
결 반대로 그어 갔다

파꽃이 성할 무렵 대파 한 묶음
행복이란 꼭
욕심의 자리에서 불행하기에
대궁에 비해 겉살이 얇아도 억센 것은
홀로 깃드는 외로움보다
사람 속에서 어리는
또 한 겹이 더욱 사무치는 일

마음껏 꽃피우며 살고 싶었다
한때 나를 키워준

겹겹이 옥죄는 압박에서 반쯤 피어야
하나의 심지가 될 수 있었던
독가시도 아닌 것이 응얼응얼 타액 거품도 물지 않고
맑게도 엉기었다

푸른 대궁 부러진 자리마다 눈이 맵다

허물

겨울 숲을 걷다가 이미 오래전인 듯
검불 같은 저것
바람에 실룩이면서도
문양이 폐그물처럼 선명하다 이미
한 시절을 통과한 육탈의 몸짓
정신은 고매하게 알 듯 모를 듯
소리도 없이 몸 따라 흘러갔을 것이다

우리가 어디론가 스며드는 일은
조금은 비굴하게 흘러드는 일이고
밤 불빛처럼 적요하게
단단한 씨 하나로 뒤척이며 그럴수록 응고되는 것
말없이 흘러온 길마다
외투를 벗듯 쉽게 허물을 벗었나, 지금쯤

똬리는 꽃을 품은 듯 틀었겠나, 겨울 길
늦은 밤 희부연 차창처럼

더듬이 하나 없이 견뎌온 길들
남은 이파리 하나
마저 털고자 호흡처럼 수천 번을
긴 혓바닥 내민 채로 굳었지만
바람 소리를 깨우는 겨울나무 가지여

봉숭아

결국은 문을 닫았다, 맛만 있으면
손님이 몰려올 거라 믿었던 칠 년여 영업
이미 기울은 봄날
새 학기에 얻어 온 봉숭아 씨를 아이는 깊이 묻었다
음식 쓰레기 간기에 절어
기미 낀 여인처럼 거무죽죽 수채 근처 자투리 땅
얼굴이 발갛게 상기되어
제 호기심을 확인하려는 듯 꼭꼭 누른다

너무 누르지 마라, 씨도 숨을 쉬어야 한단다
깊이 묻으면 새싹이 트는 날도
그만큼 멀단다, 아이는 듣는 둥 마는 둥 한다
광우병, 지구 반대편
이 나라 쇠고기 반 이상을 조달한다는
미국에서 터진, 날이면 날마다
비척비척 쓰러지는 소를 화면으로 내보내다
그것도 지치면 구덩이를 파고

생매장을 하는 소들의 무덤을 아이가 볼까
우리들은 오줌 누듯 묵묵히 뒷마당
간혹 지나가는 개미를 발로 으깨며 물을 뿌렸다

우리 이제 장사 안 해요? 펄펄 뛰는 아이들
신난 아이들
봉숭아 꽃잎들이 환하게 핀다, 더는 돌보지 못하고
뭉게뭉게 떠나갈 아이들이
눈길 떼지 못하고 애써 피운 꽃잎
만지작거리다 홑잎으로 질까 두렵다
내년 새봄에 이 자리
더욱더 많은 봉숭아가 필 거야, 그러니까 이제 가자
뒷좌석에 올라탄 아이들
끝내 뒤를 돌아보지 않았다.

반달

괜히 냉동실 문을 열었다 닫았다 했다

슬쩍슬쩍 언 고기를 만지면서 한참을 손바닥 누르고 있었다

불에서 달궈진 국자 끄트머리, 호들갑스런 아줌마들은

실장님 데지 않았느냐고 살피려 했지만 애써 뿌리쳤다

혹시나 업주가 알까, 다시 시작한 월급쟁이

거미줄에 걸린 잠자리가 아랫도리를 말아 올리듯

움켜쥔 손바닥보다도 가슴이 더 화끈거린다

절대 서툴지 않아야 할,

핥듯이 살피는 그들의 시선을 교묘히 피하며 찬물에 손
을 적신다

책임보다도 당장의 피로가 더 어깨를 누르는

밤 열한 시 오십칠 분

화끈거리는 손바닥에 공교롭게도 새겨진

택시 차창 머쓱하게 따라오는 반달

횟집에서

욕망의 끈은 도처에 널린 그물로 향했다
몸짓으로 때워내야 할 시간들은
조수에 떠밀리지 않으려
저리도록 지느러미 퍼덕여 제자리를 지켰다
유배처럼 밭아진 어스름 퇴근길
살아 있기에 노을빛 저리 곱고
티 없이 맑은 눈망울처럼 열리는 저녁 별
이 길이 닳도록 저 수족관 지느러미처럼 헤맸나
빤히 보이는 길도 다가가면
이마를 짓쩧는 유리벽, 누군가 지목한
손가락 끝에서 생선들이 몸부림을 친다
뜰채에서 벗어나고자
혼신의 힘으로 파닥거리는 등이 푸른 한 마리
은빛 비늘이 들썩이도록
날숨을 쉬다 이내 포기한 듯 조용해진다
내가 오늘 무사하기에 내 둥지도
숨소리 고르게 평온한 아침을 맞으려나

벽에 걸려 늘어진 양복저고리 다시 걸치고
나서는 횟집, 잠깐 썹었던
물컹한 살 한 점이 오래오래 비리다.

저녁 바다

채석강 바위 절벽도 아물 때가 있구나

만조로 차오르는 목마른 슬픔

지워버린다고 제법, 아무 일도 없었다는 듯

깊이깊이 묻는다 한들 그 깊은 모서리에 휘도는 물살

어찌 살갑기만 했을까

노을이 너무 환해서 어둑한 사람살이

명암이 없는 그림자 인형극처럼 까무룩하다

환한 고통에 잠시 멍하다

금빛 물결, 아이들은 서툰 모래성을 쌓고

뜨거운 불덩어리 하나 수평선 같은 목울대에 아득히 밀
어 넣는다

더는 밀어낼 힘도 없는데

무리 지어 안쪽을 헤집어 말아 올리는 거품들

용서하고 허무는 시간들은 희부옇게

경계와 경계가 허물어지고 있었다

서로를 수액처럼 빨아들이고 있었다.

설

묵은 옷을 깁던 아내가 바늘귀에
실을 꿰어달란다
안으로 여민 솔기 실밥이 터지고
많이도 움직였을 관절 근처
날긋날긋*
부푸러기도 닳아 올 사이 속살 보일까
씨줄 날줄 무명 뜨개질

헌 옷을 깁는 아내가 바늘귀에
실을 꿰어달란다 언제였을까
눈을 찡그리고도 멀리 좀 더 멀리
창을 겨누듯 해도
바늘귀에서 빗나가 우습던, 어머니
떨리던 실 끝

작년보다도 더 멀어졌다
내가 겨누는

삶의 조리개 그 빗나간 초점에
들창 뼈대만 시리도록 빤히 보이는 세상,
낼모레가 설인데
창밖 눈발이 세다.

* 닳아서 곧 해질 듯한 모양을 나타내는 전라도 방언.

겨울나무는 수천 개의 혀를 달고 있다

주체할 수 없던 그 여름은 갔다
비누 거품처럼 하늘가까지 괴어오르고
척척 사타구니까지 감기던
이슬 함빡 풀잎들의
이름들과
신념으로 내걸던 구호들이 잊혀져간다

언제고 다시 돌아오지 않겠는가
바람에 흔들릴 때마다
분신의 몸짓처럼 꽃잎은 지고
푸른 억새들
날카로운 시계침은 관절마다
또 한 마디 옹이처럼 여물고 있었지
모두가 파랗던 시절

서로가 푸르러 서로를 알지 못했던
꿈은 짓물러 제 갈 길 속속 찾아가고

뜨악하게

슬픔인지 미움인지 다 쏟아버린 계절

동시 상영 극장, 필름은 자꾸만 끊기고 이어지고

말끔히 살을 발라낸

나무는 생선뼈만 같은데

찢긴 현수막 같은 외마디

아직도 펄럭이는 이 땅 푸른 구호들.

우거지

그도 하나의 파란 싹으로 피어나
노엽고 분한 시절마다 등지듯 안으로 품어
첩첩 포기로 덧대고 가릴 때
그 몸짓
한데로, 한데로 내몰리는 줄 몰랐다
밑동부터 후리는 바람은
한시 한때 저문 적 없고
그 바람 가장자리에서
검푸른 듯 억세어지고 힘줄은 굵어져
질겨지는 줄 알 겨를 있었으랴 방긋방긋
새살처럼 돋고
토실토실 여물고
어느 한 날 꽃대로 세울까 다독다독,
부디 내 생각일랑 말아라
슬픔이 번져 서편 하늘 환한 어스름
벼린 시간이 다녀간 상처도
시름시름 마르고

챙겨준 것도 없이 곁에서 떠나간 여린 속내들
세상 어느 귀퉁이
시들지 않고 제몫은 하고 살까
풍치처럼 다 뽑아낸 휑한 초겨울 들녘
서리가 내리고
폐비닐처럼 가벼워 껍데기 나풀거리는데
누구라서 그 곁대 그러모아
바람처럼 품으려 언제 다시 돌아갈까

모종

나도 저렇게 연초록 나풀거린 시절이 있었나
참새 다리보다 여린 줄기가
부화한 알껍데기인 듯
흙 한 줌씩 딛고 오종종
아직은 매운바람 끝에서 속뼈가 환한
이파리를 매단 모종이
한가해진 재래시장과 함께 오소소 떨고 있다
가게마다 걸어놓은
물건들 꽃잎처럼 흩날리고 모종은
훈련소를 막 퇴소한 신병처럼 도열해 있는
그 기대와 두려움 위로
맑은 봄빛이 유리섬유처럼 날린다
옮겨 심어진 지 근 삼십여 년,
대도시에서 품 팔다 겨우 짬을 낸 소읍
낮부터 시작한 술이
잇댄 관절 마디마다 돌덩이로 매달린다
희망보다는 추억을 꿈보다는 생활을

맘껏 지껄이고 낄낄거린다, 문신처럼 선명하던
가슴의 초록도 어느덧 희미해진
꽃은 어느 결에 졌나 열매처럼 멍울진
옹이 하나 실하게 여물어가는
뚜벅뚜벅 살아가는 일

제
4
부

백목련

앓고 나면
화장이 더 두꺼워지는 아내가
손길을 놓고
망연자실 창밖을 본다
왜 그러느냐고
그렁그렁 눈빛 아득히
먼 곳
그 눈길 따라 멈춘 곳은
바람 끝자락
백목련 한 그루가
시린 눈 비비며
꽃잎을 터뜨리고 있다
망울망울

풍란과 시인

세월의 뒤편 낡은 자리에 뿌리를 붙였다
철따라 갖은 향
바람만이 넘는 절벽 마루 그 발치
파도는 굼실거리고, 치근 허옇게 드러낸 밤들은
거품으로 부서지는 시간의 속살
그 맥을 짚어 희끄무레 새벽의 잔등을
흔들어 깨웠다 가시덤불도
더는 넝쿨을 짓지 못하는 애달픈 자리
푸른 귀 벼린 낫처럼 세우고
가슴은 온통
먼 생애에서 밀려오는 물굽이에 철철 풀었다
너무 작아서 꺾이지 않고
너무 커서 흔들리지 않는, 첩첩 외진 길
천수답 한 뼘도 달가운
써레질은 시린 뼈끝이냐, 배배 뒤틀리며
쓴물 넘어오는 목젖에서
한 모금 달게 삭인다

한 바위 끌어안고 사는 생은
이승의 막다른 골목인 양 바람의 가장자리
절박해서 서툰 꽃을 피워내고
사방 시오리 멀리 더 멀리
살내음인 양
독보다 진하게 향을 지른다.

철쭉

개옷* 속 살갗처럼 참꽃이 오소소 떨던 마을 구렁이 척척 휘감긴 능선을 따라 사냥꾼에 쫓긴 노루는 동네 한가운데 저수지로 뛰어들었다 노루다, 빙 둘러선 마을 사람들 앞에서 연약한 짐승은 큰 눈알을 둘 곳 몰라 서성이며 이리저리 방향을 틀었다

푹 젖은 털, 산그늘은 점점 깊게 드리우고
그가 할 수 있는 것은 결국 그 산으로 가는 것 그 산 쪽으로 오르려다
누군가의 손에 붙잡히고 말았다
먹이 따졌다 숨을 쉴 때마다 불끈불끈 치솟는 피
사내들은 작은 주발을 들고 줄을 섰다
풀무질 아궁이 같은 가슴에 참꽃은 지고
먹으면 죽는다는
뭉게뭉게 봄날 선혈 같은 철쭉이 피었다

오늘도 종일 오토바이를 타고 몇 군데를 돌았다

길마다 철쭉 만개한 길

이미 져버려

때깔도 눅눅한 목련 꽃잎 같은 이력서를 내밀었다

사내들의 입가에 얼룩지던 철쭉꽃

지렁이 기어가듯 힘줄 붉어진 손등으로 문질러버리던

그 선홍빛 말들이 소리 없이 되돌아온다

물 한 컵 내밀지 않는

봄날은 메마르고

와락 안기듯 번지는, 철쭉꽃 더 붉게 핀다.

---

* 뜨개질로 짜 입은 옷을 뜻하는 전라도 방언.

씨앗

물에 담가보면 세상 모든 씨앗은 가라앉았다

헤프게 부유하는 것들이여

우린 모두 씨앗이 되려 했다 숨을 참으며 가라앉아 떠
오르는 것들을 보고 있었다

떠오른다는 것은 수많은 눈동자를 두려워해야 한다는
것임에도

낮달 같은 것이었는지도 모른다 감기지 않는 눈

기어코 씨앗이 되고 싶었다

씨앗이 된다는 것은 내가 썩어 문드러져야 한다는 것
하지만 나는 그것을 인정하기 싫었다

농익은 과즙으로 둘러싸였거나 꽃대의 맨 마지막 자리

꽃이 진 자리

진물이 굳은 것처럼 농축된 신장 어느 근처 기름덩이로 맺혀 있는 시간

달고 시고 맵고 그게 다 무슨 소용이던가,

적막을 벗기고 기어코 누군가의 싹으로 내 몸을 열어야 했다

가을과 놀이터

말간 유리병 같은 놀이터의 적막
줄지에 유치원을 잃어버린 아이 둘이서
모로 누워 낮잠 한가한
가을볕을 깨우듯
말소리마다 물방울로 또르르 구른다

화선지에 먹물 떨어지듯
커다란 플라타너스 이파리들 자꾸 떨어져 번지고
짐은 두고 몸만 온
새로이 정붙이고 살아야 할 동네 놀이터는
모두가 학교를 가 놀아줄 아이들이 없다

저 쪽빛 하늘보다 맑은
심성을 가졌던 그 어미 아비 가슴들이 언제부터
타조 알처럼 단단한 껍질을 둘렀을까
갈색으로 멍든 플라타너스 이파리들
더러는 포개지고 바람 한 번에 뿔뿔이 흩어져

섬처럼 떠도는 이 가을의 참변

둘 곳 몰라 서성대는 눈망울로 무어라
물어올 법도 한데 아이들은
제 까만 웃음으로 어른들의 기색을 살피는
저 속 깊은 것들
그네에 매달려 대롱대롱 먼 시선
그새 하늘빛에 닿았나, 적이 깊어진 눈망울에
햇살이 구슬처럼 열려 있다

신발 이야기

꼭 맞는 신발 하나 원했지 살다 보면
헐떡이거나 꽉 끼는 치수
이제는 평탄할 거라 믿었던 길도
진구렁 둠벙 흠씬 젖어봤기에
내 가는 길 언제라도
꼭 맞는 신발 하나 가져보고 싶었지

꿈꾸었지 맨발로 내딛기엔
내리막길 오르막길 젖은 황토길 자갈길
새털처럼 가벼운 신발 하나 없을까
요리 재고 조리 재고 주춤주춤
또 주눅 든 발 들이미는
기성화 당당한 위세 앞에서
또 얼마를 참고 기다려야 할까

억지로 들이밀어 발가락 조여오거나
내디딜 때마다 아리는 뒤꿈치

물집 잡히고 터져 굳은살 박일 때까지
참아내는 것이 양보라고, 용서라고
그래서는 안 되는데 이제 자리 잡았다 싶을 때
헐헐해지는 신발, 참 많이도
서로를 길들였구나

한참이나 절며 뒤뚱거리며
부대끼고 흔들린 자리, 막 한숨 돌릴 쯤
헤지는구나, 헤어지는구나
뒤축 무르고 꿰맨 자리마다 터져
후미진 골목길
많이 재단되었어도 숨 막힐 것 같은
빳빳한 새로움에 또 다시 발 내미는

진눈깨비

멍든 사과를 깎던 아내가 망연자실
세상 이치가 이런 것 아니겠느냐고,
잘 익고 예쁜 것일수록 멍들기도 쉽고
바람 타고 새가 쪼는 것 아니겠느냐고
투망처럼
먼 시선 통유리 밖으로 던진다

크루즈 미사일 사십 몇 발로 시작한
이라크 공습
TV를 켜면 어느 채널이든
마치 제 나라 전쟁인 듯 호들갑을 떨고
벚꽃처럼 흐드러지게 피었다가
매운바람 속
광장 촛불처럼 흥건하게 바닥을 적시는

언제나 그랬다, 봄도 아닌 봄
눈도 아니고 비도 아니고

거짓말처럼 퍼붓고 참말처럼 녹는 게 있다
일방통행로
평일 한가한 교회 담장 옆 백목련
포화처럼 꽃잎 터졌다가
터번의 사내들처럼 쓰러져간다.

장아찌

풍설도 곰삭은 듯
세월의 나이테가 실핏줄로 터진 반지르르 장독
나른한 봄볕
땀내에 절은 적삼 속
쪼그라든 몸뚱이가 겉돌고 있다
원삼 족두리 연지 곤지도
하루 해거름 한때
멍들고 절고 삭아들고 가슴 툭툭

삼투압 겨운 세월
쭈그렁바가지라 귀퉁이 외면해도 목메어
가슴 칠 때
물 한 사발과 함께
간간하고
들큼한 경개*가 되대, 달고 연하고

기름진 세상 묘한 뒤끝으로

느끼한 저녁,
진저리나게 싫어 멀리 도망쳐 온
퀴퀴한 시절 입질이나 하듯
시나브로 가슴 한 켠 찌처럼 흔들리는
그곳은

_____

* 반찬을 뜻하는 전라도 방언.

젖은 새

비가 내린 날은 몸에서 비린내가 난다 비린 몸은 깃털 부터 젖고 몸을 피할 처마를 가슴에 품은 새는 물기가 말 라도 시간의 암반 속에서 무거운 날개를 가벼이 편 채 살 아 있으리라

아이들이 통닭을 먹고 싶다고 했다 퇴화된 날개와 통통 한 다리를 가진 새는 거친 꿈자리로 뒤척일 때마다 모가 지 깊숙이 머리를 묻었으리라 그 천공의 뼈만 한때 하늘 을 날았음을 증명한다

밤늦은 계단을 오르는 둔탁한 발소리 아이들은 자꾸만 시계를 보다 어느덧 졸음이 내린다
미안합니다, 이런 날은 배달이 많이 밀리거든요
물이 뚝뚝 떨어지는 그의 눈빛이 가볍게 떨린다

그는 웃지 않았다 몸은 마음을 따라가지 않는가 보다 물큰하고 짠한 몸집 하나 원래 창자가 없었던 건 아닐 테

지 그 형태가 전혀 이어 붙여질 수 없는 토막을 손에 든,
빗물로 땀으로 번들거리는 껍데기 노랗게 부푼 우의가
덥다

 달릴 때 더 따가운 빗줄기, 그 부리보다 더 날카로이 계
단을 쪼며 내려가는 발소리가 급하다 한 마리 새는 천공
의 뼈로 휠휠, 가죽을 깔아놓은 듯 검은 밤길이 가랑이마
다 엘피판처럼 감길 테다

새순

제주도산 햇감자가 제철인 이른 봄
우리 동네 지하실 하나로마트
묵은 감자는 순이 나는 중이라서 세일 중이다
싹이 돋으면
염증처럼 보라색 감자 순은 솔라닌
엄니 젖통 같은 수분을 빨아 당기며 당찬
독을 뿜는가 보다

어디 쉬웠을까마는
삶이 부대끼고 힘들어질 때 장아찌처럼
절여진 묵은내를 딛고서라도
세상 가장 무서운 맹독을 지닌
독사 혓바닥이고 싶을 때 그런 싹이고 싶을 때
삼투압은 그 젖빛 녹말에 짐승처럼
움켜쥐고픈 갈퀴손으로 뻗쳤는지도 모르지

그렇게 내가 딛고 일어서려 했던 자양분이

내가 허물어간 자리였는지도
내가 애써 포기하지 못한 꿈이었음을
암세포처럼
틈새마다 들이민 수천 가닥
집어등 불빛에 희뜩희뜩 꼬리를 감추는
밤물결 위에서 출렁이며
어부처럼 홀로 거두어야 할 그물이었나

황사로 뿌연 하늘에도 새순이 돋는 가지를 잇댄 나무들
그 파란 싹으로 다시
작은 텃밭을 일구려 하고 있다.

그해 안양

뭐 이리도 이사를 다녔나 새삼 참회록 같은
주민등록초본 주소록
전입신고 할 때마다 성의 없이 그려진 동 직원 글씨는
비어 있던 칸칸 낙서처럼
얼룩지고 번져 손때 절은 내 기록
더 이상은 옮기지 말자고
트렁크 헌옷처럼 구겨 넣은 다짐들도
닭똥 같은 가래침 탁하게 뱉으며 공장 문을 나섰다

그래도 갈 곳은 있어, 어디고 써줄 곳은 있어
팔랑이는 지폐처럼 별첨으로 나풀거리는 주소록 그러나
뱃속처럼 또 열어 보여야 한다
더는 옮기지 말라, 동직원은 못을 치듯
몇 번이고 도장을 꾹꾹 눌러 박고
새로운 도시의 첫 장 인지가 붙여진 나의 전부
창밖 때 절은 광목 같은 하늘이 낯설다

핏기가 없는 하얀 종이에 너무도 선명한 글씨들은
긁히듯 까칠한 자막으로 흘러가고
동사무소 가파른 계단을 내려서는데
마음의 계단까지 내려선 듯한 가벼운 종이 한 장
금방이라도 날아갈 듯
십 년을 넘게 갈고 닦은 숙련공 이름 위로
싸락눈이 흩날려 젖는다.

아이와 가방

세상에 태어나 처음으로 메보는 가방이
날아갈 듯 가볍구나
새순처럼 여린 어깨에
발간 열매 하나 맺힌 듯 덜렁대는 가방
새털처럼 가볍구나, 든든하구나

나도 그랬지 하늘 파랗고
구름 모양 따라 머릿속 도화지에
그림 그리고
구불구불 신작로 아스라이 봄볕 아롱아롱
소풍 길, 나도 그랬지
짐이란 동무 같고 덜렁대어 재밌고
달그락 달그락
발자국도 맞추어주던,

그랬지, 세상 드센 자리일수록
나의 짐 단속해야 했고

어설픈 자리 불안하여 얼른 버리고 싶고
편한 자리 뉘 훔칠라 감추고 싶고
행여 넘볼라 들킬라 빼앗길라
고스란히 짐이 되었지 아이야
짐 가벼운 아이야

억새밭에서

정든 산하 진군의 나팔 소리
그 열기로 저녁 구름이 백탄처럼 이글거리고 있다
퇴각 명령을 듣지 못한 걸까
치열한 창검
고지를 지키는 산등성이
재를 넘어온 마른 바람이 어깨를 훑고 간다

갈빗대와 갈빗대가 부딪는 불협화음
푸른 대궁은 어느덧 마디 끝마다 갈기를 세웠다
병정들은 묶인 듯 서서
군홧발 저벅저벅 구령을 맞추며 노래한다
쉽게 내줄 수 없는 산하
더듬어 내려간 골마다 순한 물 흐르는
이 강토 사타구니

흙냄새가 물큰하다 얼싸안듯
뿌리와 뿌리를 훑쳐매어 쉽게 골지지 않는 비알들

푸르르 하룻밤 객사처럼 머물려던
새들이 검은 뼈대로 잉걸 같은 구름을 찢는다
꺾이고 많이 부러질 것이다
시퍼렇게 날을 세웠던 잎사귀마다
혼곤했을 꿈들
산들이 어느새 푸른 뼈대 그 마디를 맞춘다.

마술

눈 빤히 뜨고 당했다 분명 한눈팔지 않았는데도 교묘한
화술과 매끄러운 손놀림에 순간은 현실이 되고 뼈아픈
후회만이 남았다 아무리, 하찮은 것이라 여겨도 정교하게
짜 맞추지 않으면 실밥처럼 풀리고야 마는 매듭들

호기심 많은 우리 집 아이들, 관객인 나더러 한눈을 팔
라 한다 아마도 또래에게서 배웠음직한 서툰 손놀림이 잘
풀리지 않자 아예 잠깐 눈을 감으라 한다 그게 무슨 마술
이야, 해놓고서도 가슴 한 켠 쑥물처럼 배어나는 담즙이여

들키지 않으려 많이도 애를 썼다 쇠망치보다 뭉툭한 손
놀림에 예리하게 재단되던 바람들 그리고 시선들, 차마
눈 돌리라 잠깐이나마 눈을 감으라 떼를 쓸 수 없었다 목
련이 핀다

티 없이 청명한 하늘가에 맨가지마다 선명하게 꽃잎을
단다.

해설 · 시인의 말

'칼의 미학'과 '우리 노동자'의 푸른 삶

이성혁 문학평론가

알다시피 한국 자본주의는 노동자들의 희생 위에서 성장했다. 그들은 현재 외국인 노동자처럼 인권이 유린된 채 살아야 했다. 살인적인 노동시간으로 인해 생동하는 삶의 시간은 거의 박탈당했다. 자본의 시간으로부터 자유로울 수 있는 시간은 한 줌밖에 안 됐다. 노동시는 그 한 줌의 시간을 통해 성장할 수 있었다. 노동자들은 남아 있는 그 한 줌의 시간—프롤레타리아트의 밤—에 쉬지 않고 시를 써나감으로써 삶의 존엄성을 지키고 살아 있는 주체로서 존재하고자 했다. 그래서 노동시는 노동자들이, 가치를 생산하기 위해 소모되는 기계로서 취급되는 삶을 자기 긍정할 수 있는 삶으로 전환하기 위한, 투쟁의 한 방도였다. 노동시를 쓰는 시인들은 노동시간에 온통 삶을 빼앗긴 채 살아가지만 그러한 삶 속에서도 삶의 착취에 대한 여러 가지 형태의 저항을 포착하고 그 저항에서 시적인 것을 끌어냈다.

이렇듯 노동시는 삶, 시간을 착취하는 노동에 대한 거시적-미시

125

적 저항에서 시적인 것을 찾아냈기 때문에, 노동시의 전통은 노동 속에 놓인 생활에서 시를 분리하지 않는다. 노동시의 전통에서 아름다움은 노동을 포함한 생활로부터 발견되는 것이지 관념적으로 주어진 것이거나 생활과 유리된 유미주의로부터 생산되는 것이 아니다. 노동시의 미학은 구체적인 삶의 과정과 밀접하게 관련된 것이다. 그렇다고 노동시에서 시가 노동하는 생활의 단순한 반영이나 기록일 뿐인 것은 아니다. 노동시는 노동하는 이의 고단한 생활에서 잠재적인 아름다움을 발견하고 그 잠재성에서 삶을 변화시키는 추동력을 이끌어내고자 했다. 노동시의 시각에서 볼 때, 시는 삶에서 나오지만 한편으로 삶은 시를 통해 풍부해진다.

여기 두 번째 시집을 펴내는 김광선 시인 역시 시를 노동의 생활로부터 끌어올리고 삶을 시적인 것으로 변모하고자 했던 노동시의 전통을 따르고 있다. 그는 첫 시집 『겨울 삽화』(갈무리, 2000)에서 노동자의 고단한 삶에 잠재되어 있는 아름다움을 찾아내고 이를 서정적으로 시화하는 전통적인 노동시를 보여준 바 있다. 2003년 『창작과비평』 시 부문 신인상을 받은 후 펴내는 이 두 번째 시집의 시편들 역시 그러한 전통의 연장선상에 있다. 그런데 이 시편들이 시인의 바뀐 생활―조리사로서 사는 것―과 연동되고 있다는 측면에서 첫 시집과는 차별성이 있다. 특히 이 시집에서 드러내고자 하는 미학을 시인은 시 「칼의 미학」에서 다음과 같이 말하고 있어서 주목된다.

베고 베이고 찌르고 박히는
힘의 논리보다 다독이듯 여미고 꾸미고
찌르기보다 째진 자리 해부하여 여미고픈
푸른 도구 삶의 미학들은

저 달빛처럼

　　김광선 시인에게 '칼'은 "베고 베이고 찌르고 박히는" 살벌한 "힘
의 논리"와 관련된 것이 아니다. 그에게 칼은 "푸른 도구"다. 중학교
를 졸업한 이후 집안 형편으로 고등학교에 진학하지 못하고 공장 노
동자 생활을 해야 했던 김광선 시인은 1990년대 말에 조리사 자격증
을 따고 대전에서 곱창집을 개업한 바 있다. 그래서 곱창을 다듬는
그에게 칼은 생활의 가장 중요한 도구일 테다. 조리사인 시인에게
'삶의 미학'은 구체적으로 그에게 가장 중요한 생활 도구인 칼과 관
련된다. 조리사에게는 '칼의 미학'이라는 것이 있는 법이다. 그에게
칼은 음식을 다듬는 손과 한 몸처럼 되어갈 무엇이며, 음식을 다듬는
기술이 향상될수록 '손-칼'의 감각 역시 섬세해질 것이다. 하여 조리
사의 '손-칼'의 감각은 점점 미학적으로 된다. 물론 칼은 상대방을
베고 찌르기 위한 도구도 될 수 있을 것이다. 그리고 베고 찌르는 데
에도 정교한 기술이 필요할 수 있다. 하지만 상대방을 상처 주거나
죽이는 그 행위에 미학이 있다고 보기는 힘들다. 음식을 다듬는 일에
는 감각적인 섬세함, 즉 '감각학'을 의미하는 '미학'이 필요하지만, 베
고 찌르는 데에는 정교한 기술이 필요할 수는 있어도 음식을 여미는
섬세한 감각이 필요하지는 않다. 그래서 시인에게 칼의 미학은 베고
찌르는 데 있지 않고 음식을 다듬을 때와 같이 "다독이듯 여미고 꾸
미"는 데에 있다.

　　가스통 바슐라르(Gaston Bachelard)는 노동과정 자체에서 노동자
의 몽상의 시학이 전개된다고 말한 바 있다. "일의 몽환성의 힘을 무
시하면 노동자를 과소평가하고 전멸시키게 된다. 노동에는 각기 그

127

몽환성이 있고, 노동의 대상이 된 물질은 내밀의 몽상을 전한다"(가스통 바슐라르, 민희식 역, 『대지와 의지의 몽상』, 삼성출판사, 1982, 247쪽)는 것이다. 그에 따르면 노동은 결코 미학의 대척점에 있는 무엇이 아니다. 그런데 노동의 생활은 도구를 동반한다. 노동은 육체와 결합된 도구를 통해 무엇인가를 생산하는 행위이다(비물질 노동자에게 도구는 두뇌나 정서). 그래서 노동자에게 '생활–삶–노동'의 미학은 생산과정의 도구를 도외시할 수 없다. 조리사에게 노동은 칼 등의 도구를 통해 음식을 생산하는 행위라 할 때, 그의 '삶–노동'의 미학은 구체적으로 '칼의 미학'과 밀접한 관련을 맺을 터이다(반면 상대방을 베고 찌르는 행위는 결코 노동이 될 수 없다). 물론 바슐라르가 말하듯 노동대상 역시 노동자에게 몽상을 불러일으킬 것이어서, 노동의 미학은 노동 도구의 미학에 한정되지 않을 터, '동물의 사체'를 음식으로 생산해야 하는 조리 노동자인 김광선 시인에게 노동대상은 다음과 같은 시적 몽상을 낳기도 한다.

> 부위별로 나누어져버린, 내 몸의
> 몇 배가 되는 동물의 사체를 분해하면서
> 아랫배가 다 닳도록 그 자리 거슬러 올라간
> 연어 떼를, 턱뼈가 빠지도록
> 몸부림치다가
> 둥둥 떠가며 불곰의 밥이 되고
> 새 떼의 밥이 되어
> 발기발기 찢기는 모습을 떠올린다
>
> 봄눈의 잔설처럼 여린 지방층

내가 스스로 도려내야 할 지층인가 밥 앞에서

그늘겨간 자리 마음 섣불러

빛나는 힘줄 하나 그렇게 지웠으리라

홀로 지키다 힘 쪽으로만 많이 기운 먹이사슬은

투망을 던지듯

破顔의 눈언저리마다 가닥으로 파인

붉게 얼룩진 도마

하, 칼자국마다 까맣게 때가 서린 곳

_「힘줄」 부분

　　바슐라르는 노동자가 노동과정에서 노동대상의 물질과의 육감적
만남을 통한 내밀의 몽상을 하게 된다고 보았지만, 동물의 사체를 다
루어야 하는 조리 노동자인 김광선 시인은 물질에 대한 몽상보다는
그 대상이 된 동물의 삶과 자신의 삶을 동일시하는 몽상을 펼치고 있
다. 힘줄을 제거하면서 시인은 먹이사슬의 아래쪽에 있어서 "발기발
기 찢기는" 연어의 모습과 노동자인 시적 화자의 삶을 겹쳐놓는 몽상
에 빠지는 것이다. 그런데 여기서 연어는 조리사에게 육신을 해체당
하는 무기력한 대상만은 아니다. 시인이 제거하고 있는 연어의 "빛나
는 힘줄 하나"는 비록 죽임을 당하더라도 연어의 삶이 무의미하지 않
음을 드러내기 때문이다. 그렇다면 사회에서 먹이사슬의 아래쪽에 있
는 노동자 역시 연어처럼 "빛나는 힘줄 하나" 몸 안에 남겨놓는다면,
그의 삶 역시 무의미한 것은 아니지 않을까? 이렇게 시인의 상상력은
노동대상으로부터 삶의 본질을 성찰하는 방향으로 전환되는데, 다음
과 같이 노동과정 자체에서 자신의 삶에 대한 반성을 이끌어내기도
한다.

무언가를 다듬는다는 것은 절단하여 떼어내거나 분리하여 감추는 일일 테지.

모처럼의 휴일, 구멍 난 들창 선연한 빛 막대기는 방바닥에 화살처럼 꽂혀 노란 분진으로 여린 호흡을 하고 있다.

구질구질한 것만 살아남기 일쑤다.

넌덜머리나게 구차했던 것들이, 정말이지 이제는 버려야지 했던 것들이 누군가에게 더 비싼 값의 가치로 매겨질 때는 지키려 애썼던 부위 슬그머니 등 뒤로 감추어야 하는 순간들에 노여웠다

필요 없는 부분이라 내 스스로 떼어내고 잠시 잊었던가 창문 밖 뿌연 흙바람에 꽃잎들이 날린다, 봄꽃이 무더기로 진다.

허리와 허벅지에 붙인 파스를 떼어내고 새 파스를 붙인다, 거실 봄볕을 등지고 앉은 아내의 등이 활처럼 휘었구나. 멸치의 배가 갈라지고 머리가 떨어진다

떨어지는 꽃잎마다 멸치 비린내가 난다.
　　　　　　　　　　　　　　　　　　_「다듬는다」 전문

이 시에서 볼 수 있듯이, 김광선 시인에게 노동과정에서 떠오르는 상상은 삶에 대한 반성적 성찰로 이끌리는 경향이 짙다. 음식을 다듬는 노동과 삶의 기억을 다듬는 정신적 행위가 같은 차원에서 연결되

면서 시인은 "치열한 반성"을 하게 된다. 즉 창문 밖 "봄꽃이 무더기로" 지는 세상을 배경으로, 멸치의 배를 가르고 머리를 떼어내는 다듬기—다듬기란 시인에 따르면 "절단하여 떼어내거나 분리하여 감추는 일"인데—와 "넌덜머리나게 구차했던 것들"을 버리지 못하고 감추어야 했던 부끄러운 기억이 "허리와 허벅지에 붙인 파스"나 이제는 활처럼 휜 아내의 등의 모습으로 표현되는 고단한 생활과 연결되고 있는 것이다. 한편 그는 조리 노동자이기 때문에 노동대상인 동물이나 노동의 산물인 음식이 그에게 반성적 사유를 불러일으키기도 한다. 전자의 예로 「횟집에서」와 같은 시를 들 수 있는데, 수족관 속에서 "혼신의 힘으로 파닥거리는 등이 푸른 한 마리"를 바라보면서 "오늘 무사하기"를 바라면서 출퇴근을 거듭하는 자신의 삶을 생각한다. 후자의 예로 아래의 시를 들 수 있겠다.

> 이물질처럼 채워져 있어 싫어도 낯선 어울림들
> 하루를 살아낸 냄새의 분자들은
> 어지러운 날갯짓
> 머릿속 궤도를 돌듯 무한질주를 한다
> 적당한 크기로 잘게 토막 쳐진 촌충의 마디처럼
> 짧은 생각의 편린들은
> 밤 차창 흑백사진으로 어른거린다
>
> 내장 깊숙이 삼킨 핏덩이가 굳어 퉁퉁해지고
> 뒤틀린 자리마다 질끈 동여맨
> 경화의 순간들은 고단한 변비로 까맣게 타들었나
> 꿈들이 아프다, 짓이겨져도

차라리 봉합되고 싶지 않은 상처들이
너무도 말끔히 아물어버린
늦은 막차의 원심력은
다시 섞이기를 바라듯 운전이 거칠다

이 순간 팔이 저려도 놓치고 싶지 않다
둥그렇게 맴도는 손잡이에
빠르게 스쳐 가는 해묵은 문구들이 너무도 낯익어서
놀랄 겨를도 없는데
벽돌처럼 잘 다져진 무표정 한 덩어리
깊고 어두운 대장을 급히 빠져나가는 중인가
거대한 몸집,
간판만 해파리처럼 떠다니는 도시
백혈구처럼 또 내일
고단한 일상들은 이 길로 잉태할 것이다

＿「순대」 전문

　　이 시에서 시인의 몽상은 순대의 이미지에서 "무표정 한 덩어리"
를 담고 있는 '대장'의 이미지로 변환되면서 전개된다. 그 몽상은 "이
물질처럼 채워져 있어 싫어도 낯선 어울림들"을 보여주고 있는 순대
의 모양과 그 "냄새의 분자들"에 의해 시작된다. 순대를 채우고 있는
이물질들은 "토막 쳐진 촌충의 마디"와 같은 "짧은 생각의 편린들"로
전치(displacement)된다. 그 생각의 편린들이란 "흑백사진으로 어른
거"리는 과거에 대한 기억들, 지금은 파괴되어버린 꿈을 품었던 과거
이자 "짓이겨져도/차라리 봉합되고 싶지 않은 상처들"이 된 과거의

기억들이다. 그 상처들은 현재 "너무도 말끔히 아물어 버"렸지만, 몽상은 상처들의 회귀를 가져오고, 시인은 순대 속에 여러 음식이 섞이는 것처럼 상처가 된 꿈들이 삶에 다시 섞일 수 있기를 바란다.

그런데 그 꿈들이란, 시인이 타고 있는 차창 밖에서 "빠르게 스쳐가는 해묵은 문구들"과 관련 있는 무엇일 게다. 아마도 그것들은 투쟁과 관련된 문구들일 터, 그 "너무도 낯익"은 문구들로 인해 '무표정'—무감각—이 대장을 빠져나가려는 듯 시인은 뒤가 마려워지기 시작한다. 물론 이 "깊고 어두운 대장"은 시인 몸 안의 '대장'만을 의미하는 것이 아니라 바로 이 "간판만 해파리처럼 떠다니는 도시"의 도로를 의미하기도 한다. 후자의 의미에서는, 이 도시의 도로를 통과하고 있는 시인의 자동차 자체가 '무표정'을 의미한다. 그렇다면 저 낯익은 문구들에 무감각한 삶을 살고 있다는 시인의 반성은, 여기서 "고단한 일상들"을 잉태하는 도시 자체가 무표정의 삶을 양산한다는 사회 비판으로 나아가고 있다고 하겠다.

한편으로 시인의 반성은 시인 자신의 과거 역사에 대한 기억을 불러일으킨다. 그런데 그의 삶의 역사는 바로 한국 사회의 역사와 밀접하게 관련이 있는 것이기도 하다. 아직 해결되지 않은 "해묵은 문구들"이 표현하고 있는 한국의 슬픈 역사 말이다. 시 「겨울나무는 수천 개의 혀를 달고 있다」는 이를 잘 보여준다. 이 시에서 시인은 "신념으로 내걸던 구호들이 잊혀져간다"고 말하면서 "모두가 파랗던 시절"을 기억한다. 현재 그 시절의 "꿈은 짓물러 제 갈 길 속속 찾아가고" 그 시절에 대한 기억은 "동시상영 극장"에서 상영되는 영화처럼 "필름은 자꾸만 끊기고 이어"져 "말끔히 살을 발라낸", "생선뼈만 같"은 것이 되었다고 한다. 그러나 "저 찢긴 현수막 같은 외마디/아직도 펄럭이는 이 땅 푸른 구호들"은 여전하기에 그 시절은 "언제고 다시 돌아"올 것이라고 시인은 예상한다. 그리고 아래의 시에서는 시인의 '칼의 미학'이 시인 개인의 역사와 연결된 한국의 역사와 만나면서 저 "푸른 구호들"의 역사적 의미에로 확장되고 있다.

어제 닦지 못한, 밤늦게까지 고기를 썰어
핏물과 여기저기 얼룩진 육즙의 얼룩을 닦으며
중계방송을 듣는다
똑같이 가장 젊었던 시절 그 시절
주방 한 켠에서 내 삶의 도구
식도처럼 멀고 긴 그 날만을 푸르게 세웠나 보다
청량리 로터리 갈빗집 열 시 통금을 불평하며
문득 내다본 어두운 창밖
정적을 뚫고 저 수많은 군인들은 다 어디로 가나
저 군용차들은 다 어디로 가나
분노하기엔 너무도 늦어버린, 엉켜버린
삶의 수레바퀴는
오십이 넘어서도 하는 칼질의 채무가 무겁다

가운데가 푹 파인 도마에 다시 핏물이 배어든다
바람 끝에서
홑겹 꽃잎처럼 아직도 유효한
이 땅 또 다른 푸른 구호들은
도마에 새겨진 자리 손톱자국만 같아서
닦아낼수록 더욱 선명해져서 잠시
손길 멈추어지는 아침

_「5월 18일 아침 열 시경, 조리사」 부분

　이 시는 김광선의 '칼의 미학'이 노동과정에서 얻게 되는 감각적인 것을 넘어, 폭압적인 역사적 상황 속에서 삶을 세워나가고자 했던 고투의 정신과 밀접한 관련이 있는 것임을 알려준다. 위의 인용 부분 앞부분을 보면, 지금 시인은 "31년 전" 5·18을 기념하는 기념식을 라디오로 들으면서 당시의 자신을 떠올리고는 "어쩌면 그때 서울에 있었던 것이/다행이었는지 모른다고 죄스러워서 차마 말 못 하는", "살아남아 미안"했던 마음 아픈 세월을 기억하고 있다. 조리사인 시인의 노동인 '칼질'은 무거운 채무를 갚는 과정이었다. 시인은 칼질로 고기를 썰고 핏물과 육즙을 닦으면서 5·18 당시 죽은 이들을 기억하고 살아 있음의 부끄러움을 잊지 않을 수 있었던 것이다. 칼질의 노동을 통해 시인은 그날 이후 죄스러운 "삶의 수레바퀴"에서 '내 삶의 도구/식도처럼 멀고 긴 그 날만을 푸르게 세'울 수 있었다.

　여기서 "푸르게 세"운 그 "날"은 이중의 의미를 가지고 있다고 생각된다. 그 "날"은 1980년 광주의 5·18을 가리키는 동시에 칼날을 의미하기도 한다. 시인이 자주 사용하고 있는 색채 형용사 '푸르다'는 숲에서 상기되는 생명의 색채임과 동시에 정신이 퍼렇게 살아 있다는 이미지도 가지고 있다. 그래서 "푸르게 세"운 그 "날"의 이중적 의미는 5·18이 그 항쟁이 삶을 위한 것이었으며 동시에 새로운 삶을 시인에게 가져왔다는 의미와 함께 시인이 칼날처럼 날카롭게 정신을 세우면서 살아왔다는 것을 의미하기도 한다. 그런데 이 '푸름'의 이미지는 다시 "이 땅 다른 푸른 구호들"과 겹친다. 현재 생존권을 요구하고 있는 많은 노동자들의 구호들은 생명의 회복을 요구함과 동시에 살아 있는 정신을 드러내기 때문에 '푸름'의 이미지를 띤다고 할 것이다.

135

그리하여 이 '푸른 구호들'은 시인이 푸르게 세운 정신을 매개로 5·18의 푸른 역사와 연결된다. 그리고 지금 "도마에 다시 핏물이 배어"드는 현상 역시, "도마에 새겨진 자리 손톱자국만 같"은 "이 땅 또 다른 푸른 구호들"을 외치는 자들이 5·18 당시의 희생자와 동궤에 놓여 있다는 것을 알려준다. 그러니 시인은 저 "푸른 구호들"을 들으며 살아남은 자의 죄스러움을 다시 아프게 느끼게 될 것이며, 그래서 그 도마 위의 핏자국은 없어지지 않고 "닦아낼수록 더욱 선명해"질 것이다. 이렇듯 김광선의 시에서 시인 개인의 역사는 한국 사회의 역사와 겹쳐지고 또한 타인의 삶과 연결된다. 하여, 푸른 구호를 외치고 있는 노동자는 한국 사회에서 고통받는 노동자로서 시인과 역사를 공유하는 '우리'가 될 것이다.

그래서 노동자로서 시인 개인의 고통스러운 기억은 한국 노동자의 고통스러운 기억과 공통되는 것이라 할 수 있다. '타이어 공장 협력업체인 상하차 단순 노무직"에 취직하고자 하는 시인이 사측으로부터 "초등학교 생활기록부" 제출을 요구당하여 '욕스러움'을 느끼는 모습(「증빙서류」)은 많은 노동자들이 겪은 바 있는 경험이기도 할 것이다. "삶의 기록을 훔쳐보려"고 하는 회사에 자신의 기록을 내주어야 하는 노동자들은 마치 몸을 파는 여인이 옷을 벗었을 때 느끼게 될 '욕스러움'과 같은 감정에 빠지게 될 것인데, 거의 모든 노동자들은 이러한 과정을 거쳐 취직하는 것이다. 또한 "집세 줄 날은 다가오고 통장은 비어가"는데 "새 직장 매장을 접는다는 짤막한 통보"를 받고 "창문 밖 그 어둡고 차가운 길들"을 걸으며 "양옆으로 주르르/결코 눈물이 아니리라 이처럼 닦아내며/집으로 돌아"(「초승달」)갔던 시인의 경험 역시 많은 비정규직 노동자들이 겪어야 했던 고통일 테다. 생활로부터 시를 길어 올리는 김광선 시인의 시는 이렇듯 가난한 노동자들이 한국 사회에서 겪는 공통의 경험을 드러내는 것들이 많은데, 아래의 시 역시 그러한 유형에 속하는 시라 하겠다.

> 풀무질 아궁이 같은 가슴에 참꽃은 지고
> 먹으면 죽는다는
> 뭉게뭉게 봄날 선혈 같은 철쭉이 피었다
>
> 오늘도 종일 오토바이를 타고 몇 군데를 돌았다
> 길마다 철쭉 만개한 길
> 이미 져버려
> 때깔도 눅눅한 목련 꽃잎 같은 이력서를 내밀었다
> 사내들의 입가에 얼룩지던 철쭉꽃
> 지렁이 기어가듯 힘줄 불거진 손등으로 문질러버리던
> 그 선홍빛 말들이 소리 없이 되돌아온다
> 물 한 컵 내밀지 않는
> 봄날은 메마르고
> 와락 안기듯 번지는, 철쭉꽃 더 붉게 핀다.
>
> ―「철쭉」부분

이 시는 선명한 색채 이미지의 대비를 통해 일자리를 구하는 노동자의 고단한 삶을 상징적으로 강렬하게 표현하고 있다. "종일 오토바이를 타고 몇 군데를 돌"면서 "이미 져버려/때깔도 눅눅한 목련 꽃잎 같은 이력서를 내밀었"던 시인의 개인적인 기억은 "먹으면 죽는다는", "선혈 같은 철쭉"을 가슴에 품고 있는 자들의 절망적인 삶으로 확장된다. 인용되지 않았지만 이 시의 서두에는 멱이 따져 피 흘리며

죽어가는 연약한 노루가 등장한다. 그렇게 희생당하는 노루는 자본주의 체제로부터 무방비 상태의 처지에서 공격받는 노동자들과 닮았다. 그래서 노루의 목에서 치솟는 피는 "사내들의 입가에 얼룩지던" 붉은 철쭉꽃과 유비된다. 이들 사내들은 피처럼 "입가에 얼룩지던 철쭉꽃"을 "힘줄 불거진 손등으로 문질러버리"면서 죽음과 같은 고통스러운 상황을 견딘다.

그런데 이러한 견딤 속에 "선홍빛 말들이" 그들의 입가에 "소리 없이 되돌아"온다고 시인은 말한다. 그 회귀하는 말들은 무엇을 의미하겠는가? 바로 5·18 광주의 그들처럼 권력과 사회의 폭력에 의해 희생당한 자들, 그들의 피맺힌 말들 아니겠는가? 이미 저세상으로 가버린 자들의 말이기 때문에 소리는 나지 않겠지만, 그들의 혼은 철쭉꽃으로 피어나고 그들의 침묵의 말은 저 사내들의 철쭉꽃으로 얼룩진 입가를 통해 되돌아온다. 하여, 세상이 메마르면 메마를수록, 그 희생당한 자들의 피처럼 붉은 철쭉꽃들이 세상에 "와락 안기듯 번지"는 것이다.

이렇듯 위의 시는, 사냥당하는 노루처럼 이력서를 돌리며 살아가야 하는 노동자들의 한스러운 삶을 붉은 철쭉꽃이라는 상징을 통해 그려낸다. 이와 비슷하게, 시 「나무는 두 번 꽃 피운다」는 '숙련 노동자'의 삶을 늦가을 바람에 "쿨럭쿨럭 마른 잎을 밭으며" 서 있는 가을 나무로 상징화하고 있다. 저 "늑골을 드러내"며 "물기가 마르는 가을 나무들"은 "일상을 꿈처럼 가꾸는/잔기침이 잦아진 숙련 노동자"의 모습이다. 아직 가지에 붙어 있는 "메마른 잎맥"은 노동자가 철쭉꽃을 문질러버리던 "힘줄 불거진 손등"과 유비된다. 그런데 '숙련 노동자'를 "자글자글 숨을 곳이 없"는 나무로 비유하자, 한편으로 그 노동자에게 대지에 뿌리박고 있는 어떤 굳건한 이미지 역시 부여하게 된다. 그래서 나무―숙련노동자가 "그래도 아직 떨림은 있다"고 말하는 모습이 무리한 비약으로 보이지 않는 것이다.

이와 함께 시 「풍란과 시인」에서는 어떤 나이 든 시인을 "세월의 뒤편 낡은 자리에 뿌리를 붙"인 풍란으로 상징화하고 있는데, 하여 그 시인은 "가시덤불도/더는 넝쿨을 짓지 못하는 애달픈 자리"에서 "먼 생애에서 밀려오는 물굽이에" 가슴을 "철철 풀"면서 "이승의 막다른 골목인 양 바람의 가장자리/절박해서 서툰 꽃을 피워"내는 자로서 표현된다. 그래서 저 '나무―풍란'처럼 세상으로부터 파괴되고 배제되어가는 '노동자―시인'은 여전히 떨림을 잊지 않으면서 세상에 굴복하지 않고 서툰 꽃이나마 피워내는 존재로서 나타난다. 아래 시에서의 '허물―겨울나무 가지'는 그러한 존재가 남겨놓는 살아 있는 삶의 증거라고 할 수 있다.

우리가 어디론가 스며드는 일은
조금은 비굴하게 흘러드는 일이고
밤 불빛처럼 적요하게
단단한 씨 하나로 뒤척이며 그럴수록 응고되는 것
말없이 흘러온 길마다
외투를 벗듯 쉽게 허물을 벗었나, 지금쯤

똬리는 쏘을 품은 듯 틀었겠나, 겨울 길
늦은 밤 희부연 차창처럼
더듬이 하나 없이 견뎌온 길들
남은 이파리 하나
마저 털고자 호흡처럼 수천 번을

긴 헛바닥 내민 채로 굳었지만

바람 소리를 깨우는 겨울나무 가지여

_「허물」 부분

　앞에서 보았듯이 생존의 압박에서 굴욕을 느끼며 살아가야 하는 시인의 삶은 곧 '노동자들—우리'의 삶이기도 하다. 이 시에 따르면, 그 '우리'는 "어디론가 스며" 들어야 하기에 세상 속으로 "조금은 비굴하게 흘러" 들어가야 한다. 하지만 "밤 불빛처럼 적요" 하나마 "단단한 씨 하나"를 가지고 흘러들었기 때문에, 세상 속에서 뒤척이기는 하지만 세상 속으로 용해되지는 않는다. 도리어 어떤 '멍울진 옹이'처럼 응고된 무엇을 흘러왔던 길마다 남긴다. 시 「모종」에 따르면, 우리는 비록 "가슴의 초록도 어느덧 희미해" 져갔지만, 허나 "열매처럼 멍울진/옹이 하나 실하게 여물어가" 면서 "뚜벅뚜벅 살아" 가기도 했던 것이다. 하여, 우리의 삶은 "더듬이 하나 없이 건너온 길들"에서 벗어날 때마다 그 응고된 것을 허물처럼 벗는다. 이 삶의 응어리인 허물은 "쏘을 품은 듯" 똬리를 튼 모습이다.

　이 쏘은 불교적 의미에서의 공이기도 하겠지만 하늘을 의미하기도 할 테다. 왜냐하면 이 허물은 곧 "남은 이파리 하나/마저 털고자" 내민 긴 헛바닥이 굳으면서 생긴 "겨울나무 가지"로 전치되고 있기 때문이다. 시 「나무는 두 번 꽃 피운다」의 '숙련 노동자—가을 나무'는 이제 겨울나무가 되어 남은 이파리마저 버리고 '쏘'이 되고자 한다. 그런데 이를 위해 내민 헛바닥이 응고되고는 허물처럼 벗겨지고, 그 '헛바닥—허물'은 마치 하늘을 품으려는 듯이 공중을 향해 뻗어나간 겨울나무 가지로 변신하는 것이다. 이파리를 모두 털어낸 겨울나무는 결국 죽음을 맞이했다고 해석할 수 있으나, 그 나무는 '바람 소리를 깨우는" 가지를 허물로서 남긴다. 그런데 그 가지가 깨우는 '바람 소리'란 무엇을 의미할까? 봄바람 소리 아닐까? 그렇다면 시 작품이라고도 해석할 수 있는 그 '허물-나뭇가지'는 봄을 깨우는 무엇이라고 할 수 있겠다. 봄은 새싹을 키워내지 않는가. 그렇다면 바로 '바람 소리를 깨우는 겨울나무 가지'는 바로 겨울나무의 새싹 아니겠는가?

봄이 오면 감자나 씨고구마를 뜻하는 무강, 우거지처럼 천대받는 노동자의 삶 역시 새순이 돋고 새싹을 피워낼 것이다. "힘줄만 촘촘이 박혀/단맛도 다 바랜"(「무강」) 무강의 새순, "장아찌처럼/절여진 묵은내를 딛고서라도", "엄니 젖통 같은 수분을 빨아 당기며 당찬/독을 뿜는"(「새순」) 묵은 감자의 새순, "노엽고 분한 시절마다 등지듯 안으로 품어", '바람 가장자리에서/검푸른 듯 억세어지고 힘줄은 굵어져/질겨지는"(「우거지」) 우거지의 '파란 싹'은 모두 거센 세파 속에서 독하고 억세게 살아야 하는 노동자의 삶을 다시 피워내는 생명력의 상징들이다. 비록 고난 속에서 거칠게 살아야 할 운명에 놓여 있지만, 세상이라는 흙 속에 스며들어가야 하는 노동자는 이렇게 자신의 삶을 겨울에도 키워내기 시작한다.

그런데 그 과정에서 노동자의 삶은 '세상-흙'에 밑간처럼 절여지겠지만, 시인은 "밑간보다 중요한 것은 힘들어도 그 본래의 질감으로 살아 있어야 하"며 그래서 "오랜 시간에도 쉽게 길들여지지 않아야"(「밑간」) 한다고 말하고 있기도 하다. 다시 말하면, 어디론가 스며들어 세상에 절여지면서 조금은 비굴한 삶을 살아야 하겠지만, 그 삶 속에서 다시 건강한 생명력을 키우기 위해서는, 김장에서 음식들이 본래의 질감을 유지해야 맛있듯이 길들여진 삶을 살지 말아야 한다는 것이다.

141

이렇게 길들여지지 않은 삶들이 뻣뻣이 땅을 딛고 집단적으로 자라났을 때, 그것의 이미지를 시인은 '억새밭'에서 찾아내고 있다. 시인에 따르면 그 억새밭은 "갈빗대와 갈빗대가 부딪는 불협화음/푸른 대궁은 어느덧 마디 끝마다 갈기를 세"우는 억세고 전투적인 모습을 하고 있다. 억새들이 그렇게 거친 모습을 하고 있는 것은 "쉽게 내줄 수 없는 산하"(「억새밭에서」)를 지키기 위해서다. 이 '산하'를 노동자들이 살아가는 삶의 터전이라고 해석할 수 있으리라. 그렇다면 그 터전은 쌍용자동차 해고 노동자들이 다녔던 직장이 될 수도 있을 것이다. 그런데 자본은 '용산 참사'나 '쌍용자동차 해고'에서 극명하게 볼 수 있듯이, 가난한 이들의 삶의 터전을 허물어오지 않았던가. 시인은 자본 권력에 의해 터전을 빼앗기거나 파괴당하지 않기 위해 억새들이 서로 얼싸안고 싸우는 형상을 다음과 같이 쓰고 있다.

> 흙냄새가 물큰하다 얼싸안듯
> 뿌리와 뿌리를 훔쳐매어 쉽게 골지지 않는 비알들
> 푸르르 하룻밤 객사처럼 머물려던
> 새들이 검은 뼈대로 잉걸 같은 구름을 찢는다
> 꺾이고 많이 부러질 것이다
> 시퍼렇게 날을 세웠던 잎사귀마다
> 혼곤했을 꿈들
> 산들이 어느새 푸른 뼈대 그 마디를 맞춘다.
>
> —「억새밭에서」 부분

터전을 잃지 않기 위해 얼싸안고 싸우는 노동자 빈민의 형상에는 "흙냄새가 물큰"할 테다. 이들 억새들이 "뿌리와 뿌리를 훔쳐매어"

흙에서 뿌리 뽑히지 않으려 하고 있기 때문이다. 물론 권력의 힘에 의해 "꺾이고 많이 부러질 것"이겠지만, "혼곤했을 꿈들"을 안고 있는 이 억새들은 자신들의 터전을 파괴하고자 하는 권력에 "시퍼렇게 날을 세"우고 저항하려고 한다. 그래서 이들의 '대궁'은 푸른 것이다. 앞에서 보았듯이, 김광선 시인에게 '푸름'은 생명력과 날이 선 정신을 의미하지 않았던가. 뿌리 뽑혀 죽음으로 내몰리지 않기 위해, 이들 억새들은 생명력을 발휘하여 터전을 지키려고 한다. 한편으로 권력의 파괴 책동으로부터 터전의 보전은 억새들이 시퍼렇게 날을 세우지 않으면 불가능한 것이다.

시인은 이 시의 마지막 행에서 이러한 저항으로 말미암아 '산들' 역시도 "어느새 푸른 뼈대 그 마디를 맞춘다"고 말한다. 이 말은 억새들의 저항으로 인해 삶의 터전인 '산들' 역시 생명력으로 단단해진 '푸른 뼈대'의 마디를 맞추는 근본적인 재구성이 이루어진다는 것, 즉 세상이 바뀌게 된다는 의미 아니겠는가. 그렇다면 이 시집의 마지막 시행이기도 한 이 문장은 시인이 품고 있는 혁명의 이미지를 드러내고 있다고 하겠는데, 시인은 이 이미지로 시집을 끝맺음으로써 시집 너머 그 다음의 실제 세계에 혁명이 도래할 수 있기를 기원하려고 한 것은 아닐지 추측해본다.

143

일어나면 숙소 창밖 늦가을 밤나무 잎이 아침 햇살에 잉걸 같다. 곧 질지라도 새봄에 저 자리마다 새싹이 맺히리라.

보통 사람들과 리듬을 달리해 살아야 하는 조리사의 삶, 약 이백 인분의 갈비의 살을 발라야 하는 오른쪽 검지가 빳빳해져 주먹을 폈다 쥐었다 하며 하루를 시작하는 삶이 붉다.

아직도 뜨겁다.

서리를 허옇게 뒤집어쓴 망초꽃 눈 끝에 맺힌 이슬이 맑다.

김광선